PUMMEL
EINHORN

riva

FLAUSCHIGE WEISHEITEN
FÜR HARTE TAGE

Bibliografische Information der Deutschen Nationalbibliothek
Die Deutsche Nationalbibliothek verzeichnet diese Publikation in der Deutschen Nationalbibliografie; detaillierte bibliografische Daten sind im Internet über **http://d-nb.de** abrufbar.

Für Fragen und Anregungen:
info@rivaverlag.de

1. Auflage 2017

Nymphenburger Straße 86
D-80636 München
Tel.: 089 651285-0
Fax: 089 652096

Umschlaggestaltung: Isabella Dorsch
Umschlagabbildung und Abbildungen Innenteil: Stephanie Engel – Pummeleinhorn GmbH – Alle Rechte vorbehalten
Satz: Pamela Machleidt
Druck: Graspo CZ, Tschechische Republik
Printed in the EU

ISBN Print 978-3-7423-0382-0
ISBN E-Book (PDF) 978-3-95971-902-5
ISBN E-Book (EPUB, Mobi) 978-3-95971-903-2

Weitere Informationen zum Thema finden Sie unter

www.rivaverlag.de

Beachten Sie auch unsere weiteren Verlage unter www.m-vg.de

DAS IST PUMMEL.

PUMMEL ISST GERNE KEKSE
UND HAT EINEN FLAUSCHIGEN
NASCHBRETTBAUCH.

PUMMEL IST GLÜCKLICH
UND FÜHLT SICH WOHL.

PUMMEL IST SCHLAU.
SEI WIE PUMMEL.

DIE WELT BIETET
GENUG ALBTRÄUME.

WIR BRAUCHEN MEHR
Glitzer UND Kekse!

ICH WILL JA NICHT
ANGEBEN, ABER ...

... ICH HABE MEINE
14-TAGE-DIÄT IN

12 MINUTEN &
7 SEKUNDEN

BEENDET.

IMMER MIT EINER

Arschbombe

INS GLÜCK!

MEIN LEBENSMOTTO.

BELIEVE IN A
better
tomorrow

EINE AUSGEWOGENE DIÄT?

EIN **Cookie** IN JEDER HAND!

KOMM AUF DIE

DUNKLE SEITE

DER MACHT.

WIR HABEN KEK...

MIFT!

EAT

> SLEEP

REPEAT

EIN *Einhorn*
OHNE BAUCH,
IST WIE EIN HIMMEL
OHNE *Sterne!*

FRÜHER WAR ICH

süß & flauschig!

OH, MOMENT...
HEUTE AUCH NOCH!

ENDLICH IST MEIN

Winterspeck

»WEG!«

– JETZT HAB ICH –

FRÜHLINGS ROLLEN!

HEUTE MORGEN
MEINEN KAFFEE MIT
Energy-Drink GEKOCHT.

JETZT KANN ICH
Geräusche
SEHEN!

UNICO
POWER

IM *Sportstudio* WERDE
ICH IMMER BLÖD ANGEGLOTZT.

SOLLEN SIE SICH DOCH IHRE
EIGENEN *Kekse* MITBRINGEN.

AUF DEM BODEN DER

Tatsachen

LIEGEN EINDEUTIG
VIEL ZU WENIG

Kekskrümel!

DIR GEHT WAS
AUF DEN KEKS?

DANN STREU
GLITZER DRAUF!

DU BRAUCHST NICHT
DANACH SUCHEN.

EINFACH
selber machen!

Glück

DIE WAAGE
SPIELT VERRÜCKT?

DAS LIEGT AN
DEINEM Herz
AUS Gold!

NATÜRLICH SPIELT
Größe
EINE ROLLE.

WER MÖCHTE SCHON
kleine KEKSE?

MAMA?

HAB NACHGEMESSEN.

DU BIST

großartig!

LIEBER EINEN
Waschbrettbauch
ALS GAR NICHTS
Hervorragendes!

LASS DIR
niemals
SAGEN,
DASS DU ETWAS NICHT
kannst.

ICH BIN EMOTIONAL
SEHR NAH AN DER
Keksdose
GEBAUT.

Cookies

BIN ZU FLAUSCHIG
ZUM WEGRENNEN.

ICH **kämpfe!**

MEINE LIEBLINGSFEEN?

Pummelfee & Kaffee

LIVE LONG
AND KNUSPER.

VERGISS DEN

Prinzen.

NIMM **mich!**

KENNT IHR DIESEN FREUND,
DER **alles** ESSEN KANN
ohne DICK ZU WERDEN?

IF HAB IHN AUFGEGEFFEN.

ICH BIN *nicht* DICK.

ICH BIN *flauschig!*

Kekse MACHEN nicht DICK.

SIE FORMEN.

I LOVE YOU
TO THE ~~MOON~~ Cookie
AND BACK.

ICH BIN NICHT
eingebildet.
MICH GIBT ES
wirklich!

Kekfe?
WELFE Kekfe?